거의

블루

임선기
시집

거의

블루

ㄴㄴ > < ㄷㄴ

내게 말이 투명하다는 건 유일한 의미를 가졌다는 것
이 아니다. 말이 투명할 때는 근거를 가졌을 때이다.
말의 근거를 삶으로 채워보지만 충분하지 않다,
모든 존재자가 그러하듯.
그리하여 말의 근거를 찾는 날이 계속된다.
말의 근거를 찾는 건 말을 찾는 것이 아니다.
그러나 말의 근거를 찾으면 말이 찾아진다.

2019년 11월
임 선 기

차
례

1

이미지 _13

노래 _14

젊은 파르크에게 _15

말의 해변에서 _16

언어들 _17

언어 대장간에서 _18

발화 _19

나의 시 _20

내일은 바다 _22

시인 1 _23

시인 2 _24

로런에게 1 _25

로런에게 2 _26

에드거 앨런 포에게 바치는 나날 _27

말 _28

2

추억 _31

산책 _32

장미원 _33

전경(前景) _34

숲 _35

교정(校庭)에서 _36

이태원에서 _37

인천 _38

노스탤지어 _39

몽마르트르 _40

제네바 고비(叩扉) _42

베른 _43

리듬 _44

와세다 부근 _45

풍경(風景) _46

눈 고장에 와서 _47

여록(旅錄) _48

히말라야 _49

3

오늘 아침 _53

산하엽 _54

바다 1 _55

바다 2 _56

순간 _57

우주 _58

탐조(探鳥) _59

역(力) _60

휴(休) _61

길목에서 _62

고독 _64

축제 _66

만남 1 _67

만남 2 _68

만남 3 _69

비인칭 _70

길 _71

이(虱) _72

죄 _73

4

봄 _77

가을 _78

가을날 _79

추일서정 _80

9월 _81

겨울 _82

눈 1 _83

눈 2 _84

눈 3 _85

눈 4 _86

너에게 _88

새와 눈 _89

파주 _90

산역(山役) _91

거의 블루 _92

별 _93

너의 얼굴 _94

밤이 간다 _95

어느 밤 _97

풍경들 _98

1

이미지

꿈인 줄 알고 누워 있으니

여름인 줄 알고 강아지가 온다

강아지인 줄 알고 눈을 뜨니

눈인 줄 알고 발을 밟는다

풀인가 하여 저녁을 보니

서둘러 꽃인가 하여 드러눕는다.

아득한 시간이어서 주워서

독서해보니 지나가버렸다...

노래

그때 우리는 젊었고
물결은 여름이었어요

시가 자꾸 생겨나서
우리는 꿈을 떠나고 싶지 않았어요

벅차오르는 가슴을 누르면서.

존재하지 않는 이름들이
존재하고 있었어요

물결에 무슨 문자가 있던가요

그때 우리는 젊었고
바다는 물거품이었어요

젊은 파르크에게

나도 눕는다 꿈처럼
우리와 세계와 숨
나도 게처럼
집을 지었다
해변에 눕는다 태양 아래
그대여 그대도 누우시오
저 누워 있는 꽃들
나는 눕는다 꿈처럼
조약돌처럼
우연인지 우연찮게 모였는지
조약돌 중 하나로.
그대여
해변에 왔다 가는 배는
바다뿐.

말의 해변에서

말을 찍으면
말의 뼈가 보일 것이다
관절이 보이고
말들의 움직임이 찍힐 것이다
말은 살에서
쓸려내려가기도 한다
모래처럼
해변에서.
말의 해변에서
말이 빠져나가는 것을 보았다.
말을 줍기도 하였다

언어들

비는
비의 말을 한다

눈은
눈의 말을 한다

너는
너의 말을 한다.

풀밭에 앉아서

풀의 말을
듣던 날이었다.

언어 대장간에서

말이
합성될 때
파생될 때
전광석화처럼 일어나는 의미
언어 대장간에서
오늘 만들어진 말이
전시되어 있는 거리가 있으면……
거기 땀 흘리는 대장장이와
땀 흘리는 불빛을 보리

발화

말 하나
들에 떨어졌을 때
환하게 일어나던 기름밭

나는 그때
말하는 법을 배운 겁니다

나의 시

나의 시는
어느 날이었지요
작은 밭
호박꽃이었지요
흩어지는 순간의
연기였지요
수줍던 골목길이었고
전봇대에 앉아 있던
높은 새들이었고
인자한 목사님 검은 양복이었지요
나의 시는
가난한 마음들이었고
살림이었고
외로운 친구들이었지요
어느 밤
홀로 올라가
지내던 하늘이었고
다가오던 밤하늘이었지요
눈감던 밤하늘이었지요
그리고 나는 운명과 지내게 되었지요

파도와 지내는

해안 벼랑을 보면서

꿈꾸게 되었지요

나의 시는 어디로 가는지

새벽에 앉아 궁금해도 합니다

오늘은 누가

산벚꽃나무를 말해주었어요

눈이 내리지 않았는데

눈이 내렸지요

그대는 오지 않았는데

곁에 있었지요

나의 시는

솔숲의 구름이었어요

많이 가져도 되던

노을이었어요

내일은 바다

오늘은 누가 나무를 다듬어놓았나
모든 말은 조각품이다
아스팔트에서 부서지는 빗줄기
빗줄기여
어느 해 제주
애기동백에서 어떤 실재를 보고
보이던 목소리 멀리
에너지 바다—
시인은 애기동백이 바다 앞에서
이상하리만치 무력하다고 썼다.
내일은 바다
내일은 바다이다.

시인 1

시인의 말은 웃음
감탄
울음

눈에서는 침묵도 쏟아지느니.

많은 파도를 기르면서도
바다는 어떻게 넘치지 않는가

시인 2

로런,
네가 가슴에 가지고 다니는 풀(草)이 접속사가 된다.

로런에게 1

어느 날 내게 준 압생트
나는 아마도 영원을 위해
보관중이지
벌거벗은 어느 날 우리 그것을 마시자.
오늘 부재하던 삶을 기억하기 위하여.

* 「To High Spirits」(K. Koch)를 읽고.

로런에게 2

로런, 우리 극(極)으로 갈까
낮은 없고 밤만 있는 곳에 갈까
학술대회가 열린다는데
'어둠'이 주제라는데
빛이 벌건
어둠에 갈까?
앞 못 보는 강아지
챔프와 함께
온통 해안인
눈동자 같은 섬에 갈까?
챔프가 우리를 안내할 거야 로런…
로런, 우리 끝으로 갈까
가서 물어볼까
궁금해하던
궁극에 대해 극에 물어볼까

에드거 앨런 포에게 바치는 나날

검은 고양이
검은 실내
검은 비
검은 우산
검은 옷
검은 피아노
검은 건반
검은 지팡이

절뚝거리며
걷는
짐노페디

말

발음 하나에 생명 하나
에프라임 사람들이 강가에 서 있다.

요단강 건너는 길
레위지파가 언약을 머리에 이고 있다.

2

추억

겨울 정원으로 가는 길에
역이 있다
역사가 가정집 같다.
가까운 곳에 강이 있고
더 가까운 곳에 백접초가 있고
더 가까운 곳에 낙서가 있다.
낙서가 날아다닌다
추억이기 때문이다
백접초도 날아다닌다
추억이기 때문이다.
나의 일부도
추억이 되어 날아다닌다.
추억은 길인 것처럼
아늑하다.

산책

초원을 걸어가리

추억도 사는 세상

철 지난 고통을 보리.

겹치는 생에서 날아가는

나비야

우리를 지켜주는.

목단에 앉았던

풍려(豐麗)야.

목화 솜 같은 사랑은

다시 부풀어라

장미원

웨일즈에서 온 왕자는
주근깨가 많다
강아지 한 마리
즐거운 산책중
가슴을 편다
저녁 장미가
선명하다
풀이 말한다.
나는 어디까지 온 것일까

전경(前景)

물의 숲 보며
저녁 풀밭
붉은 입술 하나
보며
다리 건너
개양귀비 강변으로 가고 있다.
드론이 굉음을 내며 내려다보고 있다.

숲

멀리

언덕이 기다린다

저 언덕은

기계는 아니다

언덕을

넘어오는

빛

11월

낙엽에서

감도(感度)와

감도(感導)가 있다.

교정(校庭)에서

겨울이 오고
계단에서
솔방울을 주웠다

꿈이 내려가서 주웠다

산에서 몰려오는 눈보라

추억은 무엇을 담는 바구니인지.

청송대(聽松臺)에는
스무 해 만나온 나무

너는 또 무엇을 기다리나.

논지당(論志堂)은 계절처럼
옷을 갈아입었다

겨울이 오고
비로소 여름이 숨쉰다.

이태원에서

어제가
오늘을 비추고 있다
사람이
나를 비출 때가 있다
비 온 거리
이층에 붉은 파라솔
비가 나를 비출 때가 있다
바람이 지나는 바람이
둥근 꽃나무를 흔들 때
거울이 되는 꽃나무가 있다

우산들이 다시 펴진다
나는 거울을 펼쳐 든다
흰 꽃이
붉은 꽃을 비춘다

인천

가을
해안선을 걷는다

높은 나무들은
얼마나 많은 추억인가

둥글게 휘어지는 해안선은
얼마나 넘어오는 말인가

해안도로
드문 사람들
막차
겨울은 또 얼마나 넘어오는 말인가

노스탤지어

파리 5구.
마리아가
생선 좌판 앞에 앉아 있다
타오가
중국집 앞에 앉아 있다
친구는 지쳐
공원에 앉아 있다
장애인 학교 앞
아이들 몇 조용히
수화하고 헤어지는 거리에
내리는 눈
아름드리나무 뜰
학교 창문을 뚫고 자라난
연통에도 눈은 내리고
얼마나 멀리까지 말을 삼켰는지 모르는
눈이 내린다.
파니스 안젤리쿠스
자주 듣던 음악
돌아오지 않던 고향

몽마르트르

언덕으로 가는 기차는
코끼리 기차다

과자 가게를 지날 때
멈추고

시집이 있는 서점을 지날 때
멈춘다

언덕에는 하루도 쉬지 않은
기도가 있고

악의 꽃인 파리가 있다

검은 옷 입고
사티가 짐노페디를 연주한다

사티의 집이
고흐의 집과 내연하고 있다

난간에 서면
고향이 보인다

제네바 고비(叩扉)

화학 공장이던
미술관 전기 흐르는 소리
말과 말이 만나는 장면을 보았는가
유엔 광장 앞
시위하는 아프리카인
나는 눈 내리던
눈사람 같던 아이를 생각하고
그에게 작은 장미 브로치를 주던
시인을 생각한다.
꿈은 가장 오래된 이별
거처가 없다
산을 다시 넘어가는 기차
나는 아버지의 언어를 읽는다.

베른

　베른. 너의 이름은 곰에서 왔지. 물의 마을. 비가 내리고 있었고 나는 다시 길을 찾아 이정표에 길을 묻고 있었지 푸른 길을 따라 가세요. 그리고 멀리에서도 나를 알아본 공원이 인사를 했다. 분수마다에서 피어나던 이야기. 마을을 횡단하던 설산의 그림자는 물이라 부르는 형태의 진경이었지. 추억에서 추억하며 언덕으로 가는 일이 있었지. 시와 철학과 회화가 클레라는 천사에게서 새로운 천사가 되어 북쪽 숲의 신 앞에서 떠나며 돌아오며 미소를 주고 있었다. 우리는 이해할 수 없고 다만 나무에서 나무까지 나무에서 배경까지 이어지는 투명과, 투명보다 더 투명한 투명을 볼 수밖에 없다 베른. 우리의 호흡은 시. 온통 호흡뿐인 열쇠를 만나며 우리는 절망하지 않는다 절망하지 않는다 우리는. 베른. 낙엽의 이름. 어두운 창가의 이름. 국적 없는 사내의 이름.

리듬

참새 한 마리
여행자의 숨결을 끊었다
이어준다
야수다 강당 앞.

와세다 부근

건물들을 젖히면
고요로 이루어진 집
베란다에서
작은 사람이
언덕처럼
구름을 본다.
그는 무엇으로 만들어졌을까

풍경(風景)

종이 물고기들이
날리는 항구이다.
빨래들도 날리고 있다.
고요하다.
고요는 너의 어깨에도 묻어 있다
간척지인데
바다를 찾는 바람도 있을 법하다.
말해주고 싶지만 말해줄 수가 없다

눈 고장에 와서

기차가 멈춰서 있다
눈이
몸을 던졌다
예를 갖추는 시간이다
낙설주의(落雪注意)라는 말이 보인다
기차처럼
세계도 멈춰서 있다 가고
가는 것이 아닐까
눈처럼 내리는 것이 아닐까.
말은 번역되지 않아
나는 너를 만나려 한다
눈이 많이 내리는 하늘이
가까이 있다.

여록(旅錄)

초행(初行)에서 길을 발견할 때가 있다
초행(草行)에서 길을 발견할 때가 있다

*

불 꺼진 시장 입구
오가는 사람 없는데
수상(手相) 보는 젊은 여자
수줍게 앉아 있다
커다란 손바닥이 펄럭이고 있다

*

오늘은 바다가 육지보다 높다

바다여 오늘은 나도
육지보다 높다

눈물 많으신 아버지

히말라야

눈의 거처에 가는 사람들이 있다
눈의 거처에 다녀온 사람들이 있다
야크는 그곳에 사는 존재이다
풀을 먹고 말이 없다
산 아래 마을에는 오늘의
생로병사가 있고
오늘의 붓다가 목하(木下)에 있다
기탄잘리
이런 노래가 있다

내 욕망은 산더미 같고
내 울음소리 처절했으나
님은 언제나 무정한 거절로
날 구원하셨으니
엄하고 엄한 님의 자비는
나의 온 생명에 깊이 스몄습니다.

3

오늘 아침

길가
작은 풀
더 작은 풀
더 작은 풀 같은 눈망울
바람과 돌
흙이 되어버린 시간
자외선이 되고 있는 빛
가득 투명해진 태양이
눈(目)에 안긴다
눈은 대지처럼 눕는다.

산하엽

눈물 많으면
꽃잎이 투명하구나
나는 무덤가에서
사랑을 했다
무덤을 다니며
그대를 찾았다
눈물 그치면
다시 보이는 흰빛
그늘.

바다 1

바다도 바다이기 위해
바다의 문법으로 문법으로
돌아오는 중이다
바다에서 떠나는 바다의 원심력
을 바다로 돌아오게 하는 구심력이
바다의 순수주의다.
바다의 순수는 바다를 고유하게 하지만
바다는 해변에서 다시 바다를 꿈꾸는 바다이다.

바다 2

이별의 열쇠는
바다에 던져버렸다는 말을 듣고

이별이 없을 줄 알았더니,

이별은 바다만이 안다는 뜻인 줄
알았습니다.

바다에 빌고 바다 같은 산에 빌고
바다 같은 하늘에 빌밖에요.

이별의 열쇠는 바다에 던져버렸다는 말을 들을 때
보이던 바다에 물어볼밖에요.

순간

잠시 열렸다 사라지는 하늘이시여
그리하여
잠시 열렸다 사라지는 이것은 무엇입니까?
그리스인이 만들었다는 파이프 오르간처럼……

우주

하늘도 돌고
땅도 돌고
이 봄
꽃도 돌고
나도 도는데,
어질어질
할 법도 한데
한데도
고요하고
고요할 뿐이다.
하느님께서
이
고요한 터를 주셔서
서 있는 이 순간이
거룩하고
거룩할 뿐이다.

탐조(探鳥)

새는 바람의 길을 안다
새는 하늘의 길을 안다
새는, 노을의 길을 안다

점선과 점선 사이 점선들

새는 자세히 보면
투명보다 멀리 간 투명이다

역(力)

전신주는 전선들을 당기고 있고
전선들은 전신주를 당기고 있다
새는 나를 당기고 있고 나는
새를 당기고 있다
손과 손바닥의 관계는
발과 발바닥의 관계와 같다
석양이 터진다
진달래 아래를 지나는 달팽이는
다리 위를 지나는 철학자와 같다.

휴(休)

나무에서
사람이 쉰다
나무와 사람이 쉰다
쉰다는 건 얼마나
아름다운가,
나무와 사람은
심장 모양이다
심장 모양은
하늘과 통한다

길목에서

나무 아래 옹기종기
모여 있는 아이들
다가가 보니
물방울들인데
모자들을 쓰고 있다

대부분 열심히
땅놀이를 하고 있는데
나무에 기대서 있는
아이 엉거주춤
앉아 있는 아이도 있다

한 아이는 멀리에서
아이들을 바라보고만 있다

온통 초록인데
물방울들은 붉다

가까이 가 보니
소리들이다

* 강인주, 〈The Sounds〉

고독

나의 고독은 셋
둘은 썼고
남은 고독이 고독하게 한다.

멀어지게도 하고
겨울 정원에 가보게도 하고
투명도 들여다보게 한다.

먼 곳에서 이사 와서
고독은 고독하기 때문에
스스로를 넘어서려 한다.

그리하여 골짜기 같은 것을
고독은 갖게 되지만

원체 말이 없고 원래
말이 없어서……

고독은 회오리바람 같은 것이 나는지
꽃잎도 한 잎 두 잎 떨어지고

남은 고독을 다 쓸 때는
진정 고독할 것이다.

축제

모두 춤추고 있을 때 나는
머뭇거리고 있었다
네가 손을 내밀었으나
나는 멈춰서고 말았다
나는 춤출 수 있었으나
춤출 줄 몰랐다

만남 1

얼마나 천천히 걸어야
만날 수 있나

불광 천변 나무야
너도 기적이라고 했지.

만남 2

너는 나에게
낮은 목소리를 가르쳐주었다

너는 나에게
작은 목소리를 가르쳐주었다

너의 목소리는 그렇게
나의 목소리가 되었다

나의 목소리로 말할 때
너의 목소리를 갖게 되었다

그것이 만남이었다.

이별 없는

만남 3

로도덴드론
커다란 진달래
본 적 있지.

모든 병 낫게 해준다는
만병초.

우리 거기에서 만나자

비인칭

눈이 오는 것이 아니다 차가 달리는 것이 아니다 내가 중국집에서 면을 먹는 것이 아니다. 오는 것이 눈이다 달리는 것이 차이다 중국집에서 면을 먹으며 밖을 보는 것이 나이다. 나는 그런 것의 합도 아니다. 그가 전화하는 게 아니다 전화하는 그가 있는 것도 아니다 전화하는 것이 그이다. 전화하는 것이 그라는 말이 던져져 있다.

길

길을
한 사람이 걷고 있다
아마도 저 사람은 모를 것이다
자신이 얼마나
길을
인간적으로 채우고 있는지를

이(虱)

머윈
자연 속에 사는 사람
그대 길 속에서
쓴 시
이(虱)
인간.

* W. S. Merwin

죄

첫눈이 내릴 때 잠들어 있었다.

4

봄

웃음 오듯

흩어지고 있는 천지

마루에 앉아 마당을 그리워할 때

봄의 전체주의 같은 것 있으면
가입하고 싶다

가을

죽음은 우리가
환상이라는 걸 보여준다
죽음은…
우리가 세월이라는 걸 보여준다
끝없이
그러나 우리는
아무것도 보여줄 게 없다.
그러나 나는
죽음만이 확실하다는 말을
믿지 않는다.

가을날

구름은 소월(素月),

푸른 나뭇잎도 지고

여인의 희디흰 목 같은
바람도 분다

창천(蒼天) 아래서 구르몽을

메타세쿼이아가 듣고 있다.

분홍 옷 입은 처자(妻子)가
날아간다

추일서정

우리는 언제나 길 위에 있다

한없이 네 곁에 있다.

9월

강변도 강도
흐르고 있었다

나도
흐르고 있었다

코스모스도 흐르고 있어서

말할 수 없었다.

지평선처럼,

언덕과 구름과 건초더미와

말할 수밖에 없었다.

9월은
말할 수 없었다.

겨울

겨울은
유리창
모여 있는
사람들
딸아이 손잡고
건너는 횡단보도
기다리는 전차.
겨울은
바자회
몇 점 접시
갑자기 온 나뭇잎,
찍힌 사진
너의 머플러.
겨울은
공원
풀숲
에서 들려오는
얼지 않은 속삭임.
크리스티앙 볼탄스키
지지 않는 낙엽

눈 1

나는 말을 끊었다

나는 너에게
나에게
내린다
눈처럼

눈처럼
너의 위에
나의 위에
서

잠시

눈 2

눈은 천사다
말이 없으니
아주 멀리에서 말하고 있으니
옷자락이 가벼우니
언덕에서
그늘진 골목에서
벌거벗고 있으니
눈이여 집으로 가자
세 가지 질문을 갖고 있는 눈이여

눈 3

눈이
햇빛 속을 내린다
아이처럼
태어나
숲에서 마을로
눈은 전해진다
세상에 저렇게
내리는 것이 있다
눈은
내려
만남이 된다
세상에 이런
만남이 있다
잠시
확대된다

눈 4

눈이 참
느리게 내린다

초고속의 시대에 눈은
빠르게 내려도
참 느리게 내린다

어느 하루
어느 성당에서 내려가던
나무들 사이
작은 길처럼

눈은 참
느리게도…

눈 보고
게으르다 하지 않으시니

부지런하다 하지 않으시니 눈은

참

그대로 내린다.

그것이 얼마나 어려운 일인지

그대로 내린다⋯

너에게

눈(雪)이 눈을
덮고 있을 때
사랑을 알았다.

마을 중앙에 있던 눈이여
다시 걷고 싶구나……

새와 눈

파랑새 한 마리
숲에서
장미 한 송이 물고 있다

눈(雪)은 푸르고
떨어진 깃털은
펜 같다

세상으로 오는 길도
세상에서 가는 길도
눈은 알고 있어라

파주

공중에 정지해 있는 눈(雪)

그대가 지날 때마다 반짝인다

산역(山役)

괘종시계가 울면
새벽기도를 가셨다

마고자에서 빛나던
호박

어메이징 그레이스를
좋아하셨다.

가브리엘이 왔을 때
본 비둘기

눈은 화염
처럼 내렸다.

내려오는 길에
모르는 슬픔이 내려왔다

거의 블루

밤은 검은 적이 없지
밤은 푸른 적도 없지
밤은 환한 적이 많지
울기도 많이 울었지
밤은 지붕을 다니고
굴뚝이 하나 있지
밤은 푸른 적이 없지
검은 적도 없지
나는 건반을 치지
밤은 만난 적이 없지 하지만
나를 기억하지
나는 누구에게도 말한 적 없네.
밤은 거의 진실
거의 나
거의 너

* 〈Almost Blue〉(1982)

별

밤은
사물을 밤에 들게 하고

사물은 밤을
사물에 들게 한다

낮은 어둡고

밤은 모든 눈을 뜬다.

우리는 찬탄한다

라일락 소리 들리는 뜰

어디로 가자는 것이냐

청춘의 성소(聖所)야

너의 얼굴

너의 얼굴은 말을 한다
눈처럼 내린다.
나를 숲으로도 데려가고
작은 나무에도 앉힌다
간직하게 한다
처음에서 온 눈송이 하나를 품게 한다.
내가 걸어가야 할
밤이 온 것이다.

밤이 간다

밤이 간다

어제 온 밤이
오늘 간다

어제 온 음악이
오늘 간다

벌써 산자락이다
벌써 동구(洞口)다
벌써 아득하다

따라갈 수 없는
밤은

보낼 수도 없다.

별이 내렸던 마음만

수북하다

홀로

잠시 모였던 별자리를 간다

어느 밤

그러나
어느 밤
보이는 돌을 본다
우리는
함께 있구나

오천여
언어가 있고
언어 아닌 언어가 있구나.

언어는 언제나
실패일까?

너무도 오래
떠나왔다
나뭇잎 하나도
무겁게 떨어진다.

풍경들

숲은
지나던 구름이 멈춘 것이다
천문대가 있는데
원반이 전파를 모은다
지난 계절
나무들이 잘려나갔다
숲은
주머니에 넣을 수도 있다
우리는 수북해질 것이다
오늘 지평선은
잠시 묻고 있었다

*

그때도 바다가 있었을 것이다
그때도 파도는 내리고 있었을 것이다
그때도
나는 처음 내리는 듯
시외버스 터미널에 내려
낯설어하면서도

낯익어했을 것이다
그때도 환영 인사처럼
눈이 내리고 있었을 것이다
몇 점
다가오고 있었을 것이다

*

기왓장에 흰 펜으로
무어라 적고 있는 여자
무어라 적고 있는지 몰라도
허리 굽히고
전념하고 있는 여자
절벽 아래 물결 하나하나에서
일어나 들려오는 소리를
듣고 있는 천수관음처럼
갑자기 보이는 여자

*

산이 지고 있다 고독을 보고 있다
물질과 정신과 영혼만 있는 것이 아니다
별이 무엇인지 우리는 최종적으로 알지 못한다
나는 철저하지 못하다 나는 언어를 괴롭히는가
나는 일부러 틀리게 말하지 않았다

임선기 1968년 인천에서 태어났다. 1994년『작가세계』를 통해 등단한 후 시집으로『호주머니 속의 시』『꽃과 꽃이 흔들린다』『항구에 내리는 겨울 소식』을 출간하였다. 번역서로 울라브 하우게의 번역시집『어린 나무의 눈을 털어주다』와 막상스 페르민의『눈』을 발간하였다. 현재 연세대 불어불문학과 교수로 재직중이다.

거의 블루

ⓒ 임선기 2019

초판 1쇄 인쇄 2019년 11월 20일
초판 1쇄 발행 2019년 11월 30일

지은이 | 임선기
펴낸이 | 김민정
편집 | 유성원
표지 디자인 | 최윤미
본문 디자인 | 이주영
마케팅 | 정민호 박보람 나해진 최원석 우상욱
홍보 | 김희숙 김상만 오혜림 지문희 우상희
제작 | 강신은 김동욱 임현식
제작처 | 영신사

펴낸곳 | (주)난다
출판등록 | 2016년 8월 25일 제406-2016-000108호
주소 | 10881 경기도 파주시 회동길 210
전자우편 | nandatoogo@gmail.com 트위터 @blackinana 인스타그램 @nandaisart
팩스 | 031) 955-8855
문의전화 | 031) 955-8890(마케팅), 031) 955-8865(편집)

ISBN 979-11-88862-57-3 03810